오솔길 따라서 온 풀꽃 향기

오솔길 따라서 온 풀꽃 향기

발행일 2017년 1월 30일

지은이 안 혜 영
펴낸이 손 형 국
펴낸곳 (주)북랩
편집인 선일영 편집 이종무, 권유선, 송재병, 최예은
디자인 이현수, 이정아, 김민하, 한수희 제작 박기성, 황동현, 구성우
마케팅 김회란, 박진관
출판등록 2004. 12. 1(제2012-000051호)
주소 서울시 금천구 가산디지털 1로 168, 우림라이온스밸리 B동 B113, 114호
홈페이지 www.book.co.kr
전화번호 (02)2026-5777 팩스 (02)2026-5747

ISBN 979-11-5987-413-0 03810(종이책) 979-11-5987-414-7 05810(전자책)

이 도서의 국립중앙도서관 출판예정도서목록(CIP)은 서지정보유통지원시스템 홈페이지(http://seoji.nl.go.kr)와 국가자료공동목록시스템(http://www.nl.go.kr/kolisnet)에서 이용하실 수 있습니다.
(CIP제어번호 : CIP2017002250)

오솔길 따라서 온 풀꽃 향기

自作詩 - 현대시조집

안혜영 지음

북랩book Lab

여는 글

글 밭에 씨 뿌리고 글 숲을 걷다.

시를 쓴다는 것은 마음의 경작입니다.
글 씨앗을 뿌리고 한 편의 시조가
완성되어 탄생할 때 글 숲이 되어서
열매가 되는 때의 기쁨은
감동이 되고 때로는
희로애락이 함께하는
삶의 현장이 됩니다.
작은 글 씨앗이 열매가 되어 나온
하나의 작은 첫번째 현대 시조집
『오솔길 따라서 온 풀꽃 향기』라는
글 숲을 내보입니다.

글 숲을 걸으면서 어떤 마음으로든
휴식과 같은 일상을 나무숲 길 걷듯

걸었으면 합니다.

시댁에 있을 때
일상을 그린 시조들입니다.
시댁 앞에
작은 산책길이 있습니다.
특히, 비 온 후에 작은
오솔길을 산책하면서
풀숲을 헤쳐 걸어갈 때마다
일어나는 풀꽃 향기는
더없이 향수를 부르고 저의 시상들을
떠올리게 합니다.
이번에 내보이는
『오솔길 따라서 온 풀꽃 향기』는
그런 현대시조집입니다.
일상에서의 향수를 담은….

처음 내보이는 시조집이라 설렘 반
기대 반 등등의 마음이 교차하는
중에서도
산책할 때에 비 온 뒤에
오솔길을 걸을 때에 일어나는
풀꽃 향기가 마음에 가득
남길 바라며….

지난해 일 년을 담은 춘천에서의 사계를
담아서 지난해 겨울 돌이었던
우리 꾸러기 딸 소현이에게
선물 줄 수 있음에 기쁨입니다.

좋은 글을 쓸 수 있도록 달란트를 주신
하나님께 감사드립니다.
글을 쓸 수 있도록 늘 옆에서

힘이 되는 신랑과

우리 집 꾸러기 아기 천사 딸 소현이와

가족, 부모님께 감사합니다.

이 책을 보시는 독자분들에게도

감사합니다.

또 하나의 열매를 위하여…

제 작은 부족함 없지 않은 글을

닫습니다.

감사합니다.

20170112 정유년 새해에

안혜영

2부 오솔길 따라서 온 풀꽃 香氣 / 29

3부 산에 들에서 / 41

4부 꿈속 터널 / 55

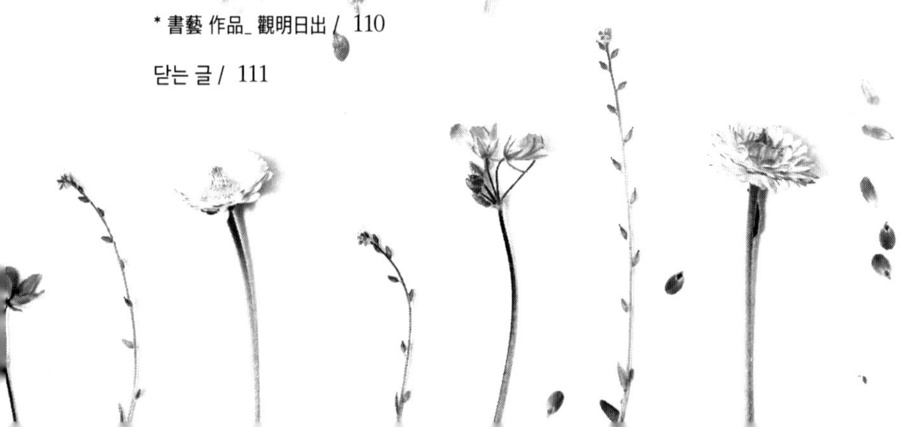

1부
신촌리에서

오솔길 따라서 온

풀꽃 향기

春雨中曉書

- 봄비 내리는 중 새벽 글씨

새벽 여름 선선한데 창밖에는 한차례
봄비 내리니
모든 만물이 신선하구나!
저절로 글씨가 써질 듯하여
시 한 수 지어내어
자작품 하려 하니
붓은 춤을 추는 듯하여 종이에 머물레라
봄비 내리는 새벽 글씨가 신운이 도네!

2

春雨來聲

- 봄비 내리는 소리

밤새도록 장맛비 같은 장때비
한 차례 내리니
온 세상 하늘이 청소를 다 한 듯
청명하구나!
대지가 목마른 듯하여
장때 봄비가 내리나 하니
풀꽃들의 얼굴이 반가워 춤을 추는구나!

筆頭生花

- 붓끝에서 꽃이 피다

마음에 글이 담겨야 붓끝에 꽃이 피네….

위편삼절하여 천만 권의 책을 읽으면

글씨가 저절로 써진다는

옛 시 한 구 떠올리니

글씨 욕심은 끝이 없구나!

4

清明

\- 맑고 밝은 날

1년 치 비 한 번에 쏟아내나 싶은
어젯밤 내린 폭우에
언제 내렸냐는 듯 비 개어
화창한 햇빛 내리니 대지가 방긋 웃네.
하늘을 덮었던 그 많은 구름들
어디로 가려나!
청명한 햇빛 속에서 만물이 새롭네.

5

觀明日出

- 일출을 바라보며

미명을 디딘 동산은 붉은 광명을 머금고

밝은 빛 속 광명은 온 세상을 품는다.

오늘이라는 하늘의 선물

하루를 살아도 일출 같아라!

鵲

- 까치의 여행

창 밖 나뭇가지 끝에 반가운 두 손님
귀한 손이 오시려나 반가운
희소식 있으려나
어디서 왔는지 먹이도 없는
앞마당 한 바퀴만 휘돌다가
또 다른 희소식 전하러 먼 곳 어디론가
떠나는 두 손님

신촌리에서 뻐꾸기 소리

깊은 산 속 뻐꾸기 소리
신촌리 어머님 댁에서 주야로
듣는 뻐꾸기 노랫소리 청아하구나!

8 신촌리의 曉日

언제 떴는 지 벌써 해가 중천에
신촌리의 이른 아침은 분주하구나
뚝방 넘어 고가도로 위로 지나는 차들
어디로들 가는지 쉴 틈 없이 달리는
도시의 모습과 사뭇 다른
신촌리의 분주 속의 여유를 누리며
오늘을 연다.

9

짬뽕 한 그릇

시어머님의
아침 무언의 침묵

침샘 울리는
시원한 바다 내음

매운 향기도 맛있는
시어머님의 짬뽕 한 그릇

반찬 없다 할 때마다
식탁에 오르는

진수성찬 못지않은
눈물 한 방울
향수 담긴
시어머님의 무언의 짬뽕 한 그릇

10 秋夕前夜

고소한 참깨 내음에
휘휘적 한 번 저으면
탁탁타다닥
참깨 볶는 소리

지글 이글
기름 둘러
전 부치는 소리

옹기종기 모여앉아
참깨 새알심에
밤알 새알심에
흰 팥가루 새알심에
사랑 한가득

빚은 사랑
모락모락
김에 찐 송편
솔잎 사이로
통통 오른 하얀 떡살들
한 입 베면
고향 향수 한가득

선친들에게 올린 음식
차례상에는
감사와 정성 한가득

추석 전야 밤하늘엔
추석날 보름달에 채워질
소망 한가득

2부

오솔길 따라서 온 풀꽃 香氣

오솔길 따라서 온

풀꽃 향기

앵두나무

나무 숲 한 켠에 작은 앵목
빨간 작은 구슬 삼삼오오 모여 안았다.
녹빛의 잎새 사이로 내민
발그레한 얼굴들
반가이 맞이할 이들 기다리며
작은 구슬 알알이 복을 담았네.

12 未明

밤의 침묵을 깨우는
귀또리 울음 소리…
미명을 깨우는
닭 홰치는 소리…
아침을 알리는
개 짖는 소리에 깨어서
그렇게 오늘도 맞이한다.
떠오르는 일출을….

13 退筆

화선지 위 수많은 묵적의 발자국 남기며
그렇게 붓은 나이 들어 퇴필이 된다.
지나온 시간들의 발자국은 묵적이 되어
오늘 나의 거울이 된다.

14 蘭草

언제 피었는지 아무도 모르게
동쪽 창가 햇살을 벗삼아 핀 작은 꽃

거친 풀꽃들 사이에서
더욱 은은하고 고고해 보이는
약해 보이지만 보이지 않은 위력을 가진
고요하고 숭고하게 핀 보랏빛 향기…

보는 이에게 오랜 동안
평온한 기상을 주는 희망의 꽃

15

蟬

- 매미

더위를 잊은 매미 화음
한더위 속 시원한 합창 소리
여기저기 울려오는 매미 울음은
한동네 여름 향연!

16

돌 祝詩

- 딸 아기 천사 소현이에게

까망 눈동자 속에
드넓어 잠기는 호수 눈망울…

네 안에 무한한 가능성을 품은
꿈나무 한 그루

오물거리는 옹알이 앵두 입술
꼭 잡고 놓지 않은 작은 두 손은

네 안의 꿈나무를
잘 키워 갈 굳은 의지!

- 딸 소현이의 돌을 맞이하여
돌 축시를 엄마가 자작시로 쓰다

자장가

자장자장
자장자장

밤 깨우는 아기 울음소리
이리저리 보채는
아기 천사

새벽에 고이고이 깊은 잠에
엄마의 자장 소리
깊은 잠 깰까

고요한 깊은 밤에
별님도 달님도 자리에 누워
잘도 자장 우리 아기 천사

18 맨드라미의 열정

화려한 붉은 빛
비로드(벨벳) 옷 차려입고
고운 자태 자랑하는
가을의 여인

갓길 울타리 사이에서
복스러운 빛에
길 걷던 나의 발길
멈추게 하는 위엄있네.

너도나도 자랑하는
붉고 둥근 닭벼슬은
보면 볼수록
내 마음에 열정으로 가득 차네.

19 촛불의 기도

누가 흘려 남긴 눈물인가?
밝게 타오르는
열정과 희망으로
온 세상을 비추다가
남겨진 눈물방울

또 하나
생의 시작과 끝은
그렇게 모진 풍파에도
이겨낸
고고한 인생

20 오솔길 따라서 온 풀꽃 香氣

작은 풀숲 오솔길 사이로
한 걸음 한 걸음마다
일어나는 풀꽃 향기는

비 온 후
바람에 실려 와
옷자락 끝에 앉아
새벽 향기 더하네

오솔길 끝에 닿은 한 걸음은
풀꽃 향기 담긴
아침 이슬로 가득 차네.

3부
산에 들에서

오솔길 따라서 온

풀꽃 향기

21 코스모스의 미소

하늘 하늘
바람 따라
춤을 추는
가을 연인

색색마다
고운 옷 갈아 입고
흐드러진
작은 꽃잎마다
미소 담아

길따라
산들바람에 실려 온

꽃잎에 앉은
가을 손님에게
실어 보낸다.

22 봉선화 追憶

어릴 적 열 손가락 손톱마다
붉게 물들인 추억에

발그레한 얼굴들하고는
첫눈이 올 때까지
그대로인 봉숭아 물 있으면
소원이 이뤄진다는 어린 믿음에

첫눈이 오려나 붉은 물이 남아있나
반신반의한 어린 마음

울고 웃는 어린아이들의
봉선화 소망 속에서
또 다시 겨울맞이를 한다.

23

立秋에 서서

높은 하늘 안고 온
가을마다
다른 얼굴 표정으로
푸른 하늘을 수놓는다.

어느덧
선선한 바람 옷 입고 있는
가을 문앞에 서서

24 자색 목련화

나무 끝에 연꽃이 활짝
산중에 붉은 꽃잎들이 만발하여
흐드러지네!
산 아래 집집마다 인적 없어 고요한데
활짝 피어 분분히 또 낙화하는구나!

25 대포항 풍경

비 올듯한 흐린 날
고즈넉한 대포항 부둣가에
활어 횟집들이 즐비하네.

횟집 사장들 활어 흥정하며
수족관의 활어들도
서로 오라고 반기네.

숭어, 멍게, 오징어, 고등어, 해산물들
바구니 한가득
회 한 접시에 담긴
속초 인심 풍성하네.

오고 가는 사람 드문

한적한 부둣가엔

맑은 바다내음 물씬한

물속의 불가사리, 물고기들만

손 흔들어 반기네.

秋夜月下丹楓

- 가을밤 달 아래 붉은 단풍

밝은 달빛 아래서 홀로 시 읊는데
차가운 바람이 단풍을 가히 흔들어
詩想이 모락모락 내 마음에
일어나고 있네.

27 석류

함뿍 가을 햇살 담아 함박웃음 지어내니
복주머니마다 붉은 보석들로 가득 차네.
바람에 실려 온 알알이 담긴 보석들은
마음마다 鄕愁로 가득 차네.

28 희망의 아리수

굽이굽이 흘러 대한의 어머니 강
아리수에 다다랐네.

오천 년 한양 도읍 성의 젖줄
끝없는 강줄기는
대한의 젊음을 안고
변함없이 희망을 노래하는 아리수

흘러 흘러
강 끝 서쪽 해안 어디에서
목놓아 부르리

희망의 젊은 대한민국
나아가자 앞으로
날아보자 비상하여
푸르고 푸른 높은 하늘 위로

고요하고 깊은 아리수 위에
작은 종이배 띄워 보내리

흘러 흘러 길고 긴 여정의 끝에는
약속 한 번 어긴 적 없는
어머니 강 아리수에서 만나리.

29 나팔꽃

산책 중 갓길 울타리마다
나팔꽃이 피었네.
어디서 나오는지
신비로운 보랏빛 고운 옷 입고
영롱한 자태로 누구를 기다리는가!
손길 닿지 않은 깊은 골에서
홀로 노래를 부르며 나팔을 불겠지!

和睦

滿高堂和氣嘉祥

높은 집에 화목한 기운이 가득하여
아름답고 상서롭구나!

4부
꿈속 터널

오솔길 따라서 온

풀꽃 향기

〈특별한 詩 하나〉 한 번뿐

태어나서 울고
아빠 엄마 보고 웃고
아장아장 걷고
유치원이라는 곳에 가고
초, 중, 고, 대학

그리고 또 다른 세상의 사회
취업이라는 이름 아래 무거운 어깨와 눈

어느새 흘러
다시금 오지 않는 시간들

어느 날 문득 부모님 얼굴 뵈니
어느새 늘어난 주름살
어느새 흰머리
어느새 작아지셨는지
언제나 옆에 계셔 감사뿐

딸…! 자랑스러운 이름이여!
멋진 친구여…!

모든 시간은 한 번뿐
누구에게나 한 번뿐인 시간들을
하루하루 새 날을 주신
하나님과 시간 앞에 숭고하게

백지장 위에
붓글씨 쓰듯 한 점씩
하얀 도화지 위에
물감 색색이 칠하듯

꿈을 향한 내 한 걸음의
내면을 채워가는 발자국이 되자

32

성탄절

- 성탄의 기쁨

하늘에는 영광 천사들의 노랫소리
땅 위에는 기쁨과 즐거움에 가득 찬
아이 같은 미소의 사람들 표정

산타와 루돌프 사슴 선물을 기다리는
이야기를 믿는
어린아이들 같아지네.

온 세상을 구원하시러 오신
예수 그리스도
이보다 더 큰 선물 또 어디 있으리.

새해 아침 맞이

고요한 정적을 깨우는
미명의 미지 종소리

새벽의 발자국이
한 장 한 장 쌓여가는 꿈들
성공의 마루에 디딤이 되는
미명의 새해 아침.

동산 마루에
희망의 새해 아침이
동 터 오르네.

34

쉽게 쓰인 詩

아직 쓰여지지 않은 시

너무 쉽게 쓰여지기에

또 어려운 시

그래서 더욱 침묵이 긴 나의 시

35 네 잎 클로버

잎 새 한 잎에 붉은 태양 쨍쨍
잎 새 두 잎에 푸른 파도 일렁
잎 새 세 잎에 사랑 한 잎 덩굴
잎 새 네 잎에 눈 발자국 꼭꼭

행운은 바로 나와 너 안에 가득…

36 서리꽃

빈 들판에 내린
하얀 서리꽃 위에
지나간 가을 자락이
추억에 잠긴다.

길고 긴 나그네 길
빠른 시계추 달리듯
지나온 시간들 속에서
수많은 會者定離

계절의 다양한 표정은
가을 끝자락에 서서
서리꽃으로 또 맞이한다

길고 긴 겨울 터널 속으로의
여행을 하는

서리꽃은
오늘도 춥지 않다.

흙과 낙엽 위에 서리어 내린
하얀 서리꽃은
봄, 여름, 가을, 겨울의 선물이다.

37 행운 나무

한 땀 한 땀
가는 발자국 따라가는 꽃실
행운 나뭇가지마다
열매 맺었네.

노랑 꽃, 빨강 꽃 수놓은 꽃 마당엔
나비가 꽃을 찾아드네.

행운 나무에 만복 가득하여라.

38 호떡 굽기

효모에 발효되는 밀가루 반죽을
따뜻 아랫목에
반나절 두었다가

발효된 반죽 위에
콩기름 둘러내어
양손에 담아

동글동글
호떡 반죽 한 손
해바라기 씨앗, 계핏가루, 흑설탕
고물 한 줌
반죽 안에 고이 담아
프라이팬에 부쳐내네

둥글납작 눌러 펴서
기름에 뒤집으면
고소한 씨앗 호떡 완성되어
겨울 내내 호호 불어
간식 삼으니…

39 토스트

바삭 바사삭

버터에 구운 토스트

고소한 해바라기씨 버터와

바삭이는 향기에

버터 바른 빵을

프라이팬에 또 굽는 나

40 눈꽃 송이

첫눈 내리는 날
잿빛 하늘 사이로 하얗게 흩날리는
하늘의 축복이 내리네.

하얀 눈꽃으로 덮힌
세상에서
꾸러기 아이들은 눈사람을 만들고
눈싸움을 하며
썰매 끄는 풍경은 옛말일 뿐

작은 눈 꽃송이들은
구름 사이로
흩날리기만 하네

5부

꿈 따라 길 따라

오솔길 따라서 온

풀꽃 향기

회색 도시

잿빛 하늘 구름에 덮인 회색 숲
빼곡이 둘러싸인 빌딩들
포장된 도로 위로
쉴새 없이 달리는 차들은
구름에 휘날리는 눈 사이로
어디론가 향하여
달리고 또 달린다.

무표정한 도시의 얼굴은
어느 것 하나 비슷한
우후죽순으로 솟은 아파트 숲만 이룬다.

포장된 도로 위로
지친 마음들은
하나같이 운전대를 잡고
정체된 차 숲 사이에서

흘러나오는 라디오 음악에 흥이 난다.

멀리 흐르는 잿빛 아리수
흩날리는 눈송이들은
아리수 위에 내려앉아
아직 얼지 않은 강 위에서
겨울 여행을 한다.

회색 빌딩 숲 사이의 무표정한 아파트
그리고 멀리
쌍둥이 빌딩과 63빌딩
한양 중심의 남산타워
회색 도시는 우리나라 축소판의 서울

오늘의 서울은
한 집 건너 키 재기 하는

크고 작은 빌딩 숲 속에

방 한 칸 안에서 꿈을 꾸는 도시의 삶

젊은 내일의 꿈이 자라는 회색 도시

서울로 서울로

42 장미 꽃다발

화려한 색의 장미 꽃다발
빨강 꽃잎에 사랑과 열정 담고
분홍 꽃잎에 행복 담고
하얀 꽃잎에 존경 담아
주황 꽃잎에 담은
첫 번째 사랑을
노랑 꽃잎으로 성취하네
안개꽃 울타리에 싸여서
꽃잎마다 고와라.

43 겨울 까치집

언제 지은 집인지
마른 나뭇가지 사이 마루에
덩그런한 둥지 하나

찬 서리 맞을까
눈바람 맞을까
불어오는
겨울바람에도
나무 마루에 까치집은
여전히 한결같네.

떠나간 까치들은
언제 다시 귀가할런가
오고 가는 이 없는 겨울날
흔들림 없이
나무 마루를 지키는
둥지는 까치집뿐이라네.

44

펜
- pen

펜 끝의 예술은
끝이 없네.

요술 램프 펜
펜 끝에서 무지개가 나오네.

희노애락
삶의 이야기 써 온
펜 끝은 글 꽃을 피우네.

45 대나무

잎새에 이는 바람
부러질듯 강한
곧은 대 끝에
흔들리며
서로 부딪기면서 의지하는
숲을 이루는 대나무

46

勸學文精進

무엇일까 물음표로 묻다가
바로 삶의 진리, 깨달음을
책 속에서 발견하였네.
젊어서 놀며 쉬어 가다가는
그 많은 뜻을 헤아리고 펼치기 어려우니
할 수 있는 공부가 많고
학문에는 끝이 없어 마침표가 없구나!

47 씨앗

뿌린 대로 심은 대로 거둔다.
씨앗은 무한대의 꿈을 품는다.
땅 위에 올라올 때까지는 알 수 없는 꿈

자란다 자란다
씨앗이 올라온다.
줄기를 뻗고 가지를 뻗으며
기지개를 켠다.
세상을 향하여
햇빛을 받으면
움튼다.

고개를 든다.
온 세상을 웃음 짓게 하는 꽃이다.

48 붕어빵

붕어 없는 붕어빵에 무엇이 들어 있기에
그리도 손이 가고 또 손이 가는가
슈크림, 팥 앙꼬가 붕어를 대신하여도
붕어빵 먹는 낙에 춥지 않은 겨울이네.

49 마음

추운 날이면 마음이 봄날 되어
가득 찬 마음을
둥굴레차에 한 자락 내려놓고
비워진 마음에 또 채워지는
저울 같은 변덕쟁이 마음
비우면 비울수록 홀가분해지는 마음

50 묵향이 가득한 서재

방문을 여니
서재에 가득한
묵향과 책 내음
한 손에 책을 들고
둥굴레차 한 잔에 마음 머물러

6부

봄이 오는 소리

오솔길 따라서 온

풀꽃 향기

51 딸기

발그레한 붉은 얼굴에

깨알 주근깨

상큼한 햇살 담아

새콤달콤 한입에

함뿍 미소 머금어

52 꽃별

꽃이 떨어져 한 개의 별이 되니

지는 꽃에는 벌도 나비도 없네

날이 저물어 밤이 되니

한 개의 별은 반짝이어

밤 세상도 환하네.

53 봄이 오는 소리

기지개를 켜듯 어느새 꽃망울 핀
나뭇가지마다 봄이 오는 소리 듣고
손짓하며 인사하는 새싹들이 반가워라.

54

文房四寶

방안의 네 가지 벗 지필연묵
화선지 위에 붓은 신운이 돌아
춤을 추어 번지는 묵의 향연
연지 위에서 마음 닦으며 수신하니
먹을 갈수록 깊어지는 마음

55 핸드폰

현대시대의 애물단지
신통방통한 물건 하나 있으니
한 손에 하나씩 들고 들여다보고
눌러보기 바쁘고 들고 얘기도 하네.
무엇인지 빠져들어 종일
들여다보기만 하여
고개 숙인 모습은
사진 찍기에도 바쁘다네.
블랙홀 같은
멀티 기기 핸드폰의 저력인가!

56 家和萬事成

- 5행시

가정이 평안해야 나라도 평화하니

화목을 첫 번째 우선순위로 하여

만사형통하는 일들만 있기를…

사랑으로 하나 되어

성공하는 한 해 되기를…

57 青松

맑고 푸른 대룡산 정기 받아
세찬 비바람 불어도
한결같은 내 벗
언제 보아도 학 같은 青松

58 도미노

행복은 바이러스 도미노
웃음이 만 리까지 번져 갈수록
너도나도 함께 사랑 도미노 되네.

59

石蘭 — 석란

고요한 산기슭 사이
바람에 흩날릴까
단단한 바위 아래
내린 뿌리

자연의 섭리 속에서
피운 한송이 작은 꽃
신비한 빛에 머물러

60 떡국

떡국 한 술에

나이 한 살 더하기

내 생각 한 뼘 더 크기

새해만 되면 새로운 계획들로

한 발자국 달력을 채우네.

작심삼일 하루하루 이어가면

일 년 뒤 연초 세운 계획 다 이루리.

7부

자화상

오솔길 따라서 온

풀꽃 향기

61 소나기 풍경

후두둑 후두둑
한두 방울씩
울기 시작하는 하늘

책머리이고
뛰어가는 이들
우산 쓰고
유유히 걷는 이들

그렇게
한차례 여름 손님 맞이하네

62 밤송이 따다가

불에 구운 군밤 생각에
알밤 한가득 주워 담아

가을밤 깊어가는 때
불 짚인 밤송이 위에
사계절 담은
밤알 하나

깊어가는 가을밤
옛이야기 나눠가며

도란도란 모여 앉아
모락모락 짚불 피운
밤알 형제들은 군밤이 되어
다시 사계절 속으로

秋夜雨中

- 가을밤 비 오는 중에

밤새 들리는 빗방울 소리에
멀리 귀뚜라미 우는 가을 새벽
깊은 잠들 수 없어 깨어있는데
바람은 선선하여 마음은 시원하네.

64 더하기 & 빼기 & 곱하기 & 나누기 법칙

사랑을 더하면

나눔이 되어 두 배가 되고

미움을 빼면

사랑이 곱 배로 늘어난다.

65

자화상

추억 하나
어릴 때의 사진 한 장

멋모르고 웃기만 했던 나
갈 곳 많다고 꿈꾸던 나
어느새 나도 놀랄 정도로 성장한 나
그래도 아이 같은 나

66 플라타너스 낙엽 지는 노래

풍요의 결실을 맺고
지는 해따라
떨어지는 잎새

큰 손 흔들어 반기던 모습은
어느덧 지는 해가 되어
땅에서 바삭인다.

지는 해가 아닌
다음 만남을 위한
긴 여정

차디찬 가을 흙 위에 내려앉은
찬 서리와 이슬만 서린
플라타너스

겨우내 동안 안고
또 하나의 열매를 위해
발돋움하는
플라타너스

67 메주

시아버님께서 만드신 메주

삶은 흰콩 밟아 덩이진 네모

燻造로 시댁에 가득하네.

첫날에는 삶은 흰콩 향

며칠이 지나 쿰쿰한 메줏내

익으면 익어갈수록

깊은 된장 되기까지

燻造太는 밀알이네.

68 귀뚜라미

또르또르

또르르르

고요한 밤의 정적을

깨우는 귀뚜라미

밤새도록 합창하니

가을밤은 깊어만 가네.

69

筆

- 붓

그 어떤 단어로도
표현하기 끝없는 붓

정직한 붓
쓰면 쓸수록 닦여서
작아지는 붓
묵적 발자국을 남기는
글씨 인생은 넓은 항해

70 書

무엇으로 채우기만 한
걸어온 마음 자리
하얀 화선지 위
한일자 획 긋기보다
향기 인생 담긴
묵적이 되리.

미명을 덮은 동산은
붉은 광명을 머금고
밝은 빛 속 광명은
온 세상을 품는다
오늘이라는
하늘의 선물
하루를 살아도
일출 같아라

안혜영 짓고 쓰다

觀明日出

닫는 글

飛翔 - 날다

그리고 그리다.

꿈을…

이루다 - 꿈을 현실로

바로 눈 앞에 펼쳐짐을 기대하는…

오늘도 웃는다

그리고 또 걷는다.

나의 꿈길을 향하여…

2017. 01. 12